世界儿童经典故事绘本

父子俩与一头驴的故事

[美]詹妮弗·S.布罗斯 著

[澳]迈克·克罗姆 绘

张玮嘉 译

四川科学技术出版社

很久很久以前，父亲卡洛斯和他的儿子佩德罗生活在墨西哥的一所农场，离城市很远。

卡洛斯和佩德罗在烈日下辛苦
地劳作着，耕作土地，播撒种子，
收获新鲜的水果和蔬菜。

他们攒足了钱，想买头驴子来分担他们搬运、劳作的重担。为了迎接驴子的到来，卡洛斯和佩德罗还特意用废弃的木材制作了一辆驴车。涂装驴车的工作就交给了佩德罗。

佩德罗想把驴车涂成红色，但是每个人对驴车的颜色都有着不同的想法。

他的朋友路易斯说："你应该把驴车涂成蓝色。"

他的妈妈伊娃说："驴车应该涂成黄色。"

他的妹妹卡西利亚拍着手说："你应该把驴车涂成粉色！我想坐粉色的驴车！"

佩德罗不知道该怎么办。他问他的父亲："爸爸，我该把驴车涂成什么颜色呢？我想让每个人都满意。"

"如果你想让每个人都满意，最后每个人都不会满意。"卡洛斯回答道。"好的，爸爸。"佩德罗说着，但他还是不知道该怎么办。

第二天是卡洛斯和佩德罗期待已久的大日子，他们要离开家去买驴子了。

他们来到了大城市里的市场，那里有好多好多驴子出售。他们看到有壮驴子、瘦驴子、高驴子、矮驴子、胖驴子、懒驴子，还有傻驴子！

最后，有头驴子蹭着佩德罗的手。"爸爸，这头驴子多可爱啊！它一定想和我回家。"佩德罗说道。

卡洛斯付钱买了这头驴子，开始了他们漫长的回家之路。

他们沿着路走了好几里。

一个游客看着他们跟着驴子一起走，嘲笑他们说："你们不骑驴子，还买它来干嘛。"

"好吧，佩德罗，你骑上驴子吧。"卡洛斯说道。

"好的，爸爸。"佩德罗回答道。

佩德罗骑着驴子走了几里路。

"看看这个懒惰的男孩，自己骑着驴子，他爸爸却在旁边走路。"一伙土匪在旁边说道。

"那好吧。佩德罗，那我来骑驴子吧。"他父亲说道。

"好的，爸爸。"佩德罗回答道。

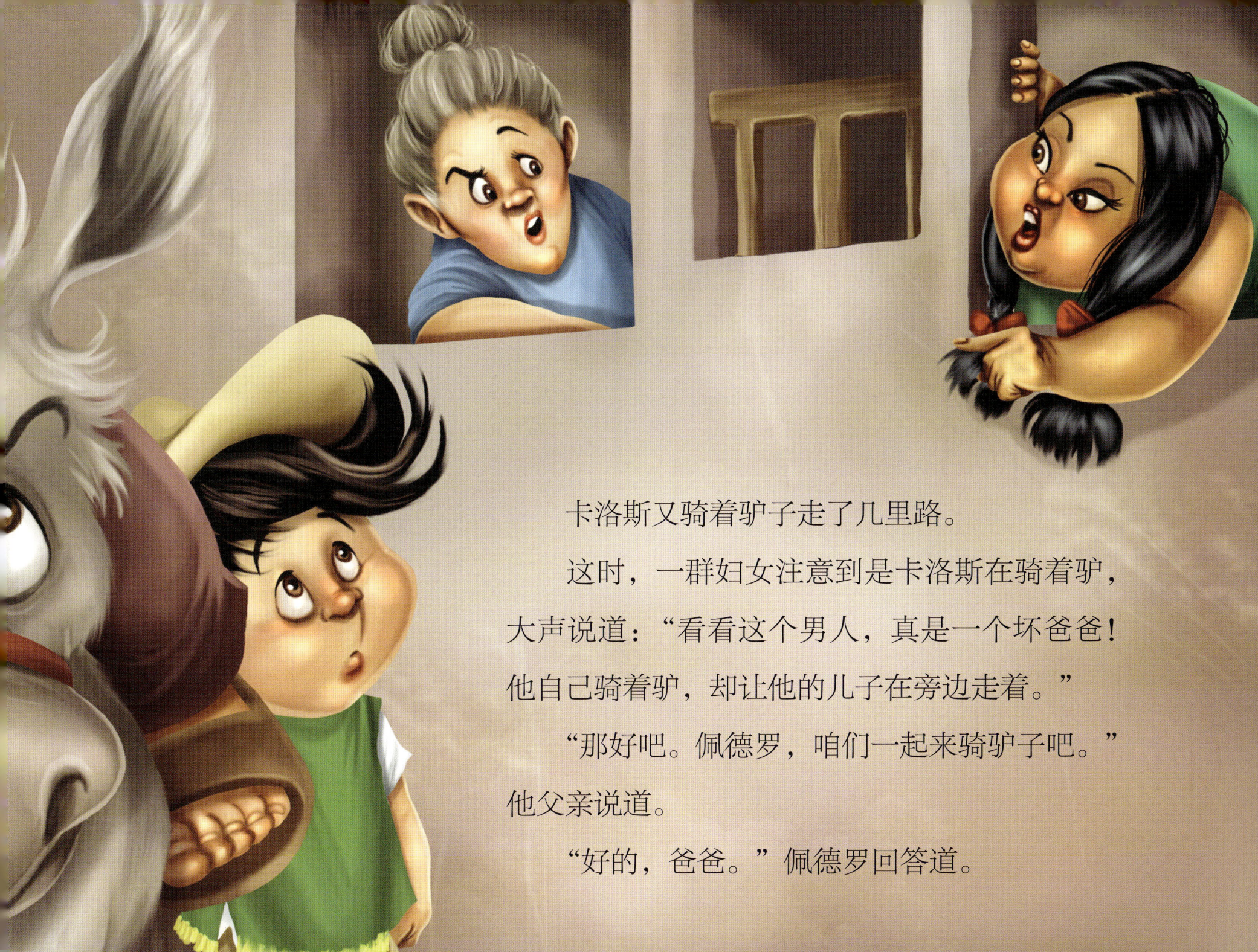

卡洛斯又骑着驴子走了几里路。

这时，一群妇女注意到是卡洛斯在骑着驴，大声说道："看看这个男人，真是一个坏爸爸！他自己骑着驴，却让他的儿子在旁边走着。"

"那好吧。佩德罗，咱们一起来骑驴子吧。"他父亲说道。

"好的，爸爸。"佩德罗回答道。

卡洛斯和佩德罗一起骑驴子走了几里路。他们穿过一个小村庄的时候，村民们嘲笑着说道："看看这头瘦弱的驴子吧！这个男人和他的孩子快把它的背压断了！"

卡洛斯已经受够了。他把驴子拴在木棍上，和佩德罗抬着它走出了村庄。

村民们不再笑了，惊讶地看着他们。

他们一离开村民的视线，就把驴子从木棍上解了下来。卡洛斯说道："你看到了吧，佩德罗，如果你想让每个人都满意，最后每个人都不会满意。咱们还是走回家吧。"

"好的，爸爸。"佩德罗回答道。

那天晚上，佩德罗兴奋得睡不着觉。他躺在那里回想着这一天发生的事情，终于知道驴车究竟该涂成什么颜色了。

后来，卡洛斯和佩德罗用红色的驴车搬运很多重物。他们也能开心地坐着驴车在村子里溜达。

驴子也成了他们家庭里的一员。

关于驴的趣闻

★ 同样大小的驴比马强壮。

★ 驴被用来作为山羊和绵羊的护卫动物。

★ 驴以倔强著称，但这是因为它们的高度自我保护
   意识。我们很难强迫或吓唬一头驴去做它认为违
   背自身最佳利益或安全的事情。

图书在版编目（CIP）数据

父子俩与一头驴的故事 / (美)詹妮弗·S.布罗斯著;
(澳)迈克·克罗姆绘;张玮嘉译. —— 成都:四川科学
技术出版社, 2023.5
（世界儿童经典故事绘本）
书名原文: A Man, a Boy and a Donkey
ISBN 978-7-5727-0883-1

Ⅰ.①父… Ⅱ.①詹… ②迈… ③张… Ⅲ.①儿童故
事—图画故事—美国—现代 Ⅳ.①I712.85

中国国家版本馆CIP数据核字（2023）第042041号

著作权合同登记图进字 21-2022-379号

世界儿童经典故事绘本
SHIJIE ERTONG JINGDIAN GUSHI HUIBEN

父子俩与一头驴的故事
FUZILIA YU YITOULÜ DE GUSHI

著　　者　　［美］詹妮弗·S.布罗斯
绘　　者　　［澳］迈克·克罗姆
译　　者　　张玮嘉

出 品 人　　程佳月
责任编辑　　张　姗
助理编辑　　李　礼
责任出版　　欧晓春
出版发行　　四川科学技术出版社
　　　　　　成都市锦江区三色路238号　邮政编码 610023
　　　　　　官方微博　http://e.weibo.com/sckjcbs
　　　　　　官方微信公众号　sckjcbs
　　　　　　传真　028-86361756
成品尺寸　　285 mm × 210 mm
印　　张　　2
字　　数　　40千
印　　刷　　河北炳烁印刷有限公司
版　　次　　2023年5月第1版
印　　次　　2023年5月第1次印刷
定　　价　　49.80元

ISBN 978-7-5727-0883-1

邮　　购：成都市锦江区三色路238号新华之星A座25层　邮政编码：610023
电　　话：028-86361770